Waugalt

Der Autor

Hermann Roland Bolz wurde 1952 in Kaiserslautern geboren. Er verlebte dort eine glückliche Kindheit und Jugend. Angeregt durch seinen flugbegeisterten Vater widmete er sich schon früh dem Modell- und hierauf aufbauend bereits mit 14 Jahren dem Segelflug, welchen er auch heute noch als Vereinsfluglehrer betreibt.

Nach dem Abitur verpflichtete er sich für zwei Jahre bei der Bundesluftwaffe. Sein Wehrdienst war überschattet von den dramatisch-tragischen Ereignissen um die israelische Olympiamannschaft, welche er als stellvertretender Wachhabender im Jahre 1972 auf dem Fliegerhorst in Fürstenfeldbruck unmittelbar erlebte und die ihn in seiner Einstellung zum Terrorismus nachhaltig prägten.

Nach der Zeit bei der Bundeswehr studierte er Forstwissenschaften in Freiburg im Breisgau. Sein hieran anknüpfender beruflicher Lebensweg umfasst zahlreiche Stationen inner- und außerhalb der Forstverwaltung von Rheinland-Pfalz, insbesondere war er nach dem Fall des Eisernen Vorhangs als Amtshelfer in Thüringen, als Verwaltungsmodernisierer in der rheinland-pfälzischen Staatskanzlei und nicht zuletzt als Entwicklungshelfer in Jordanien tätig.

Hermann Bolz ist in zweiter Ehe verheiratet und Vater von sieben Kindern.

Geprägt durch seinen an weiten Zeithorizonten und komplexen natürlichen und gesellschaftlichen Systemen orientierten Beruf, immer wieder inspiriert von der einzigartigen Weltperspektive des Segelfliegers und bemüht, seiner Verantwortung gegenüber künftigen Generationen gerecht zu werden, beschäftigt er sich heute intensiv mit Zukunftsproblemen postmoderner Gesellschaften. Im Mittelpunkt seiner Überlegungen steht dabei die Frage der Nachhaltigen Entwicklung der Menschheit.

Hermann R. Bolz

Waugalt

4

Für Julia,

die die Menschen am liebsten lachen sieht.

© 2008 Hermann R. Bolz
Herstellung und Verlag: Books on Demand GmbH, Norderstedt
Umschlagfotographie: Hendrik Bolz
ISBN: 978-3-8370-7078-1

Bibliographische Information der Deutschen Bibliothek:
Die Deutsche Bibliothek verzeichnet diese Publikation in der
Deutschen Nationalbibliographie; detaillierte bibliographische
Daten sind im Internet über http://dnb.ddb.de abrufbar.

SEIN

„Ich glaube, wir müssen uns verabschieden!" hauchte Waugalt, und Tränen traten in meine Augen.

Seit Wochen schon liegt er so in seinem Bett: auf dem Rücken, den Kopf tief im weißen Federkissen, während sich sein abgemagerter Körper nahezu spurlos unter der Bettdecke verliert. Beim flüchtigen Hinsehen könnte man meinen, seine Gesichtszüge seien lediglich kunstreich angeordnete Falten des Kissenbezugs. Verstärkt wird dieser Eindruck durch seine immer noch vollen, pechschwarzen Haare, die sein schmächtiges, ovales Gesicht umrahmen.

Seit Wochen umgibt ihn dieser Geruch. Ein Geruch, wie in Krankenhäusern, ein Geruch, der eine Botschaft vermittelt. Die Botschaft von einem anderen Leben, einem gefährdeten Leben, einem Leben, nach dem der Tod seine Hand schon ausgestreckt hält, ein Leben, dessen Stunden gezählt sind. Nicht so, wie jedes Lebens Stunden gezählt sind, eher unbewusst oder beiläufig, sondern unbarmherzig bewusst – und gar nicht mehr viele.

„Wir haben nicht mehr viel Zeit, wir müssen uns jetzt verabschieden!" wiederholt er leise, mehr eine Botschaft seiner Lippen, denn hörbare Worte, ehe der kleine Tod, der barmherzige Schlaf, die Herrschaft über seinen Körper übernimmt.

Während ich ihm leise über seine Haare streiche, erinnere ich mich an die unzähligen, reichen Gedanken, die er mir immer wieder, sobald und so lange seine Kräfte es erlaubten, anvertraut hatte. Häufig begannen sie mit der Frageformel: „Weißt du?" und mir wird bei dem Gedanken daran so wehmütig ums Herz.

IWEZ

„Weißt du," sagte er, „einerseits bin ich froh, dass du in meiner Nähe bist, andererseits habe ich deswegen ein schlechtes Gewissen. Ich raube dir Lebenszeit und kann dich dafür nicht mehr entschädigen. Dabei tut es mir so gut, dich bei mir zu wissen, zu wissen, dass du mir zuhörst und die Ereignisse, von denen ich spreche, kennst. Auch meine Erinnerungen und Gedanken sind dir geläufig, du greifst sie zwanglos und ohne Weiteres auf und begleitest mich als einfühlsamer, vertrauter Partner auf den Spaziergängen in unserer Gemeinsamkeit. Und du verstehst, was mich bewegt, wenn ich an meine, aber auch an deine Zukunft denke. Wenn eines Tages meine Gedanken aus der Gegenwart fliehen, dann wirst du mir in die Vergangenheit folgen, und wenn ich das Heute nicht mehr erfassen kann, dann bin ich dank deiner Begleitung nicht allein Gefangener im Reich der Vergangenheit. Und du leidest mit mir, du nimmst Teil an meinen Schmerzen, meinen Sorgen, meinen Ängsten. Dadurch wird Vieles leichter.

Im Pflegeheim war das anders. Wenn ich es mir recht überlege, musste es zwangsläufig anders sein. Das Pflegepersonal muss die Nähe zu dir meiden – ansonsten überwältigt sie das Leid der Einzelnen. Soviel Leid wie dort kann ein Mensch nicht ertragen. Nicht so viel und nicht so lange. Selbst wenn sie wollten, könnten sie trotzdem nicht nahe bei dir sein. Sie kennen nämlich mit Mühe allenfalls dein Jetzt, deine Vergangenheit können sie nicht kennen – und schon gar nicht die Vergangenheiten der vielen Menschen, die ihnen anvertraut sind.

Die Pflege dort ist professionell, ja, das ist sie wirklich. Da werden alle Vorschriften und Standards eingehalten. Da geschehen kaum Fehler, wird nichts vergessen, ist alles geregelt und für größte Sicherheit gesorgt. Geregelt nach den Buchstaben mächtiger Regelwerke, die gnadenlos an die sich ändernden Bedingungen angepasst werden. Hinter jedem Handschlag steht ein Zeit- und Finanzbudget. Ja, die Pflege im Pflegeheim ist professionell. Es gibt auch professionelle Liebe.

Wie anders dagegen ist die wahre Liebe! In dir begegnet mir die wahre Pflege auf der anderen Seite der Professionalität. Ich bin dir so unendlich dankbar dafür. Wirst du die Nähe zu mir ertragen können? Wirst auch du mich verlassen können, wenn ich gegangen bin?"

IDER

„Was ist eigentlich Zeit?" hatte er ab und an gefragt. Nach einer solchen Frage war er einmal tief in sich versunken. Ich spürte, dass er in jenem Augenblick um Erkenntnis rang, und störte ihn nicht durch eine allenfalls mein Nichtwissen verschleiernde Bemerkung, etwa aus dem Repertoire meiner Zeit-Management-Seminare.

„Die Zeit ist nicht zu fassen, für mich wenigstens nicht!" hatte er eine Weile danach gemurmelt. „Wenn Gott die Welt erschaffen hat, was hat er dann davor getan? Hat er andere Welten geschaffen und davor wieder andere und so fort? Und was hat er dann wiederum davor gemacht? Gibt es für Gott eine Zeit? Eigentlich kann das nicht sein, denn dann entstünde die Frage, wer war vor Gott? Gott kennt keine Zeit, Gott ist! Ja, so müsste es sein. Und mit der Welt hat Gott die Zeit geschaffen. Und damit ist die Zeit etwas Weltliches, etwas Vergängliches, vergänglich wie wir! Vielleicht nicht ganz so kurzatmig. Und damit ist Zeit Bewegung und Gott ist ohne Bewegung. Das hat auch schon Aristoteles gedacht.

Wenn es jedoch keinen Gott gibt, auch nichts, was einem Gott vergleichbar ist, wann hat dann die Zeit angefangen? Etwa mit dem Urknall? Und was war dann davor? Andere, negative Zeit, die sich irgendwann einmal mit der unseren berührte? Ein in sich geschlossener Zeitkreislauf? Eine charmante Idee! Und worin ist dieser Zeitlauf eingebettet und wodurch wurde er in Gang gesetzt?

Fragen jenseits dessen, was ich zu erkennen vermag. Fragen jenseits dessen, was wir alle zusammen zu erkennen vermögen. Fragen, deren Antworten wir uns aber nähern können. Immer dann nähern können, wenn wir unsere Zeit nutzen, nutzen zum Erkennen und zum Weitergeben dessen, was wir erkannt haben. Ich wünschte so sehr, mehr erkannt zu haben und mehr weitergegeben zu haben. Viel zu viel Zeit habe ich ungenutzt verstreichen lassen. Und nun kann ich die verlorene Zeit nicht mehr

9

aufholen. Ich komme zu spät, weil mir die Zeit durch die Finger geronnen ist, und alleine ich habe das zu verantworten! Werde ich mir das jemals verzeihen können? Kann mir das überhaupt jemand verzeihen?"

Die letzten Sätze hatte er in rasch zunehmender Erregung hinausgehaucht, und sein sonst so ausdrucksloses Gesicht war angstvoll verzerrt. Weil ich hierauf nicht sogleich eine Antwort wusste, nahm ich einfach seine Hände in die meinen, und bevor ich etwas Unsinniges sagen konnte, war er wieder eingeschlafen.

RIVE

„Mit sieben," hatte er mir einmal erzählt „trieb mich der Gedanke um, ich würde nie acht Jahre alt werden. Warum ich dieser Überzeugung war, ja es war eine Überzeugung, konnte ich nie ergründen. Dabei denke ich bis heute darüber nach! Vielleicht hatte ich damals erfahren, wie viele Kinder bis dahin vor mir gestorben waren, gestorben mit weniger als sieben Jahren. So viele, viele Leben! Leben, unter schwierigsten Umständen von Müttern in diese Welt getragen, Leben, um die sich so viele Hoffnungen gerankt haben, Leben, die alle diese Hoffnungen nicht erfüllen konnten. Leben, an denen unsere heile Welt so gedankenlos vorüber geht. Musste man da nicht dankbar sein, so alt geworden zu sein, und war nicht alles, was über diese sieben Jahre reichte, ungerecht?

War es nicht, denn hier ist hier und dort ist dort, habe ich mir später gesagt. Sollen die doch sehen, wie sie ihre Kinder schützen! Und trotzdem blieb ein schlechtes Gefühl zurück. So einfach ist das nicht! Auch wenn viele Erwachsene sagten, dass man nicht einfach Essen dort hinschicken könnte, wie ich das einmal vorschlug, das würde nämlich schlecht bis es ankäme, so blieb doch dieses schale Gefühl. Und gelang es nicht auch, Orangen und Bananen von dort zu uns zu schicken, ohne dass sie schlecht wurden?

Man konnte beim Nachdenken über diese Dinge leicht verrückt werden, verzweifeln. Verzweifeln, weil man so hilflos war und während man nachdachte, immer weitere Kinder starben. Aber es starben ja auch Erwachsene, und das war wohl so, wie bei uns. Und war es nicht normal, dass Menschen starben? Falscher Weg: Wenn Erwachsene sterben, dann ist das mehr oder weniger normal. Wenn Kinder sterben, stirbt die Hoffnung, die Hoffnung auf eine bessere Zeit. Das ist eben der Unterschied. Und die Hoffnung darf nicht sterben. Und ich glaube, deshalb wurde ich dann doch älter als sieben Jahre!"

Im Dämmerlicht des Zimmers sah ich, wie Tränen in seine Augen traten. Leise fuhr ich über sein Haar und flüsterte: „Wir können nicht alles Leid der Welt auf unsere Schultern laden. Du hast schwer genug getragen!" Fragende Hoffnung huschte über sein Gesicht, bevor sich seine Augen schlossen.

NÜFF

„Weißt du, seit dieser Geschichte mit den sieben Jahren war ich auf der Suche nach dem Sinn des Lebens. Warum suchen wir eigentlich immer einen Sinn in dem, was wir tun? Ich glaube, das ist einfach so auf uns überkommen. Als unser Bewusstsein erwachte, waren wir nicht mit Gütern gesegnet, sondern mussten ums Überleben kämpfen. Weil unsere Vorräte ebenso wie unsere Kräfte sehr begrenzt waren, liefen wir ständig Gefahr, das Leben zu verlieren. Genau dies durfte jedoch nicht passieren, solange unsere Kinder noch nicht alleine überlebensfähig waren. Warum? Hierin folgten wir einem natürlichen Impuls. Und weil dies so war, mussten wir Rechenschaft über den rechten, sinnhaften Einsatz unserer Kräfte legen. Die Frage nach dem Lebenssinn war somit implizit gegeben.

Seit langem ist das mit den Kindern bei uns kein großes Problem mehr, sie werden zwangsläufig erwachsen, auch wenn wir uns wenig um sie kümmern. Es gibt sogar beachtliche Anstrengungen, die Erziehung der Kinder Dritten anzuvertrauen, zu vergesellschaftlichen. Dadurch geht überkommener Sinn verloren. Wir brauchen einen Ersatz für den ursprünglichen Lebenssinn. Die Religion, die das viele Generationen lang geleistet hat, leistet dies für viele ebenfalls nicht mehr.

Du kannst dir eine Welt mit dir als Mittelpunkt denken oder du kannst einen Mittelpunkt erahnen, dem du dich allenfalls nähern kannst. Das erste nannten die Griechen Hybris – und ich glaube, sie hatten Recht.

Ich war lange unterwegs und habe versucht, mich dieser Singularität im Mittelpunkt zu nähern. Ich habe sie einfach Gott genannt. Mein Gedachtes und Gefühltes habe ich in schweren Zeiten an andere Menschen weitergegeben. Denen wünsche nun ich viel Glück beim Pfadfinden und dass es ihnen gelingen möge, ihr Wissen und ihre Erfahrung besser weiterzugeben, als ich es vermochte."

SCHES

„‚Ich glaube nur das, was ich sehe!' hat mir einmal jemand gesagt. Wenn ich mich recht erinnere, war er ein
Sozialist aus der ehemaligen DDR. Ich habe gelacht und
geantwortet: ‚Dann greif' doch mal in eine Steckdose!'
Dann fiel mir ein, dass es auch eine Schutzschaltung
geben und er sich möglicherweise bestätigt fühlen könnte, weil er nichts spürte. Und was wäre, wenn er später,
im Glauben, dass nichts passiert, in eine andere Steckdose griffe, ohne Schutzschaltung?

Glauben und Wissen spannen ein Feld auf, in dem sich
alle Menschen bewegen. Es sind Wenige, die alles im
Glauben finden und genau so Wenige, die alles im Wissen finden. Du kannst nicht alles glauben und genau so
wenig kannst du alles wissen. Die Wahrheit – was ist
das? – liegt wie immer dazwischen.

Der Glaube kommt von weit her und nimmt ab. Das Wissen ist jung und nimmt zu. Wohin führt das Wissen? Der
Glaube hat lange zum Wissen geführt, führt nun das Wissen zum Glauben?

Entlang unserer kulturellen Evolution erkunden wir unsere Welt immer tiefer. Dinge, die wir früher nur geahnt
haben, glauben wir heute zu wissen. Ja, wir glauben zu
wissen, denn einer unserer kürzlich verstorbenen zeitge-
nössischen Denker hat uns glauben gemacht, dass wir nur
bis auf besseres Wissen wissen können.

Beides ist wichtig: Glauben und Wissen. Und beide haben einen gemeinsamen Endpunkt. Wenn Glauben und
Wissen sich berühren, endet die Geschichte der Menschheit."

BIENES

„Weißt du, wenn du nicht gläubig bist, dann musst du dir selbst etwas konstruieren: einen Sinn, einen Sinn für dein Leben. Und wenn du keinen Sinn für dein Leben haben willst, dann konstruierst du eben Sinnlosigkeit. Egal, wofür du dich entscheidest, du wirst dein Leben daran messen und damit an dir selbst. Im ersten Fall kannst du dein tägliches Tun reflektieren, im zweiten gleichst du einem Trapezkünstler, dessen Trapez nirgendwo befestigt ist, und der sich deshalb entlang unsichtbarer Gravitationslinien bewegt.

Wichtig ist, dass du dir im ersten Fall täglich Gewissheit darüber verschaffst, wie weit du deinem Anspruch gerecht wirst. Im Falle eines Defizits musst du dich damit auseinandersetzen, ansonsten verlierst du auf Dauer deine innere Balance – nicht dein Seelengleichgewicht, denn eine Seele hast du ja nicht. Gelingt dir das nicht, dann häuft sich das Defizit an und erdrückt dich schließlich. Du brauchst endlich einen Therapeuten und der führt dich dann für gutes Geld auf dich selbst zurück. Dann kommt es darauf an, ob dein persönlicher, erneut frei gelegter Lebenssinn nun besser trägt oder nicht. Im zweiten Fall stürzt auch du ins Bodenlose.

Ich glaube, und mein Glaube hilft mir, meine innere Balance zu wahren, meine Seele heil zu halten. Und wenn ich dem Anspruch meines Glaubens einmal nicht gerecht geworden bin, dann finde ich mit seiner Hilfe zurück zur Ausgeglichenheit. Die Sinnfrage stellt sich mir nicht, weil ich glaube. Mein Glaube leistet viel für mein Seelenheil, alles das muss der nichtgläubige Wissende selbst leisten. Manchmal glaube ich, dass wir alle zu schwach sind – oder würde ein Wissender sagen, dass ich es alleine bin, der im Vergleich zu anderen schwach ist, und deshalb einen Glauben braucht?"

TACH

„Weißt du, beim Leben muss man wirklich aufpassen, dass man seine Seelenhygiene nicht vergisst. In gewissen Abständen musst du mit dir ins Reine kommen. Gelingt dir das nicht, treten Spannungen auf, an denen du letzten Endes zu Grunde gehen kannst.

Früher war das zumindest für die Katholiken einfach. Sie gingen zur Beichte. Im Regelfall erhielten sie gegen eine entsprechende Buße die Absolution. Damit waren sie jeweils von ihrer Sündenlast befreit und konnten unbeschwert zurück ins Leben kehren. Aber, sie waren nicht nur befreit, sondern sie waren auch gehalten, weniger als vorher zu sündigen und so das Maß der möglichen Schuld dauerhaft zu verringern.

Mit dem Niedergang der Religion, oder anders ausgedrückt, mit der Emanzipation des Menschen, ging dieses Instrument der Seelenhygiene verloren. Nun kommt es für viele von uns darauf an, diese selbst zu organisieren. Doch dies ist schwieriger, als es auf den ersten Blick erscheinen mag. Es setzt nämlich voraus, dass man sich bei seiner Emanzipation von der Religion selbst belastbar definiert. Erst, wenn dies erfolgreich geschehen ist, kann man sein tatsächliches Handeln an seinem eigenen Anspruch messen. Gerade dies muss aber auch getan werden. Es lauert in unserer Gesellschaft jedoch die Gefahr, dass wir nicht die Muße finden, uns Rechenschaft über unser tägliches Leben vor dem Hintergrund unseres persönlichen Anspruchs abzulegen. Gejagten gleich hasten wir durchs Leben und häufen Verdrängtes an. Wir häufen es so lange auf, bis der Berg so hoch ist, dass er unser Ideal unter sich zu begraben droht. Dann spüren wir die Krankheit unserer Seele, die uns das Seelenheil kosten kann. Daher: Besinne dich auf deinen Lebenssinn und lege dir täglich dar, ob du ihm gerecht geworden bist. Wenn nein, dann konzentriere dich auf das Bessere und bleibe seelisch gesund!"

ENNU

„Weißt du eigentlich, wer oder was dein ‚ICH' ist? Man sagt, man habe im Gehirn des Menschen noch keinen Ort gefunden, an dem das ‚ICH' zu Hause ist, angetroffen werden kann. Ich meine, das kann auch gar nicht sein. Das ‚ICH' setzt sich doch aus all dem zusammen, wodurch wir uns von unserer Umwelt abgrenzen. Da ist einmal unser höchstpersönliches Genom, das uns genetisch abgrenzt von allen anderen Lebewesen. Dieses wird ergänzt von dem Bewusstsein, das es, eng verwoben, überwölbt. Manches aus dem unbewussten Bereich berührt das Bewusstsein und wird dort dann aufgenommen und umgekehrt. Dabei werden Ereignisse sowohl im Unbewussten als auch Bewussten häufig an unterschiedlichen Stellen in unserem Gehirn wahrgenommen. Dann grenzt uns das Zusammenspiel verschiedener Wahrnehmungszentren von unserer Umwelt ab und definiert so unsere Identität. Dass dabei regelmäßig unser ‚ICH' modifiziert wird, liegt auf der Hand. Vergleiche nur das ‚ICH' eines Kindes mit dem eines Erwachsenen. Somit ist das ‚ICH' ständig im Fluss und es entzieht sich bis zu einem gewissen Grad einer Normierung. Das ‚ICH' ist zwischen weit aufgestellten Leitplanken variabel und akzeptabel. Die Grenzen werden durch die gesellschaftliche Realität definiert. Jenseits dieser Grenzen wird das aus der Sicht des jeweiligen gesellschaftlichen Kontextes, aber nur aus dieser, problematisch. Unabhängig davon scheint es jedoch etwas Komplexes jenseits eines biologischen Ortes zu sein. Gilt auch hier, das Ganze ist mehr als die Summe seiner Teile?"

NEHZ

„Weißt du, ich war gerne ein Gratwanderer. Eine Wanderung im Gratland gehört für mich mit zu dem Schönsten, was es auf dieser Erde gibt. Vielleicht ist auch der Ausdruck Grenzgänger oder Grenzwanderer gut geeignet, um das Eigentümliche solcher Unternehmungen auszudrücken.

Wenn du Segelflieger, Bergsteiger oder Segler bist, dann wirst du schon oft die Möglichkeit gehabt haben, Grenzen zu erkunden. Ein Freund hat mir einmal gesagt: ‚Du kannst 1000 Mal überlegen, ob du startest, aber wenn du gestartet bist, dann musst du landen!' Und beim Fliegen wie beim Bergsteigen oder Segeln kannst du dich Grenzen nähern, jenseits derer dein Leben mehr als in Gefahr gerät. Dabei wird es, je mehr du dich dieser Grenze näherst, um so leichter, sie zu überschreiten. Am Ende reicht ein bewusstes und deshalb vielleicht schuldhaftes Zögern, um in den jenseitigen Raum zu wechseln, überzuwechseln ohne die Gewähr einer Wiederkehr.

Für mich war es jedes Mal ein ungeheurer Reiz, mich möglichst nahe an diesen Linien aufzuhalten, jenseits derer eine Rückkehr unwahrscheinlich wird. Dann habe ich immer wirklich zu leben begonnen, habe mich gespürt, war hellwach, unnatürlich wach. Alles hatte ich dann in meiner Hand: Das unumkehrbare Überschreiten der Lebenslinie, die an- und aufregende Fortsetzung der Grenzerfahrung ebenso wie die Rückkehr nach Hause bis hin an den Spültisch zum Gläser abtrocknen. Immer wieder bin ich nach Hause zurückgekehrt und habe auch Gläser abgetrocknet. Warum? Vielleicht, weil der Wunsch, im Überschaubaren und Sicheren zu leben, mächtiger war, als die Neugier auf das ohnehin zwangsläufig Kommende."

LEF

„Irgendwann einmal, so in der Mitte deines Lebens, aber
was ist die Mitte, wer kann das für sein Leben wissen?"
sagte er einmal, „irgendwann in der Mitte deines Lebens
blickst du anders in die Zukunft, als noch kurz davor. Dir
wird bewusst, dass es nun dem Ende entgegen geht, gnadenlos bergab und dem Ende entgegen.

Das ist wie bei einer Bergtour. Du hast den Gipfel er-
klommen. Bis dahin war dein Blick himmelwärts gerichtet. Nun, da du oben stehst, schaust du nicht mehr in die
Höhe sondern horizontal, um das Panorama zu genießen.
Wenn sich der Kreis schließt steigt die Unruhe in dir auf,
denn beinahe zwanghaft richtest du nun deinen Blick ins
Tal. Die unbegrenzte Unendlichkeit ist ebenso gewichen,
wie die durch den immer noch weiten Horizont begrenz-
te, der Talgrund ist so nah. Der Weg ins Tal, leicht und
beschwingt sollte er sein, weil bergab, er macht dich
nicht froh. Du gehst vorsichtig, Schritt für Schritt. Wirfst
immer wieder einen Blick zurück in den blauen Himmel.
Die Weite jedoch erschließt sich dir nicht mehr, eine
miserable Perspektive, so auf dem Weg ins Tal.

Das ist wie bei einem langen Segelflug. Du steigst auf,
den Blick hoch zu den Wolken gerichtet. Du fliegst über
das Land, auf und ab wie ein Delphin, der wechselnd
schwimmend und fliegend das Meer durchmisst und
dann, dann werden die Aufwinde schwächer und seltener,
und dein Blick prüft immer öfter das Gelände dort unten
auf seine Tauglichkeit für eine sichere Landung. Dann
setzt du auf, rollst aus, legst die Fläche ab und bist gefan-
gen von der Stille. Der Raum ist nicht mehr dein, dein
Flugzeug nicht mehr in seinem Element, das Ende eines
wunderbaren Zustands.

Ich wurde acht, blickte in den Himmel, später zum weiten
Horizont, schließlich ins Tal und bin nun gelandet. Ich
habe mich nur mit Mühe daran gewöhnt, das alles schön
zu finden."

FLÖWZ

„Weißt du", meinte er einmal, „das Leben besteht eigentlich aus zwei Leben. Da ist das erste: Das, das für uns Menschen viele, viele Generationen lang der Maßstab war. Das Leben, das sich selbst nur weitergeben will. Das möglichst viele Kinder haben will, das Leben, das erlischt, wenn die Kinder alleine einigermaßen zurechtkommen. Es sollte und es durfte nicht länger währen, denn alles, was darüber hinaus ging, entzog den Kindern Chancen. Altes Leben lastet auf den Schultern der Jungen, und das ist nicht gut. So war das wenigstens früher.

Es ist noch nicht lange her, da haben wir Menschen diese Regel außer Kraft gesetzt. Wir werden älter, älter, als die Natur es vorsieht. Wir werden alt, weil wir Dinge beherrschen, über die wir früher nicht herrschten. Wir haben uns das dazu erforderliche Wissen angeeignet. Wir haben ein zweites Leben gewonnen, das Leben von 40 bis 100. Es ist ein von Natur aus leeres, bedeutungsloses, vielleicht sogar störendes Leben. Es hat mit dem genetischen Programm, das bis dahin unser Leben steuerte, nicht mehr viel zu tun. Es stört sogar irgendwie, denn dieses genetische Programm sieht das Abtreten nur noch zehrender Individuen vor. Wir haben es noch nicht so richtig geschafft, für dieses zweite Leben einen rechten Sinn zu finden. Wir leben in diese zweite Hälfte hinein, verlassen in vielen Fällen unseren Partner, um das genetische Programm erneut zu starten. Und die Ersten beginnen heute damit, das Programm ein drittes Mal zu starten. Und immer wieder das gleiche genetische Programm!

Aber ist es noch das genetische Programm von damals? Nein, wir haben es überformt. Wir machen den Nachwuchs abhängig vom Vorliegen bestimmter persönlichen Verhältnisse, wir gestalten die Befruchtung, weil vielleicht zu spät, künstlich und wir lassen den bewusst geplanten Nachwuchs abtasten, ob er denn auch unseren

Vorstellungen entspricht. Wenn nein, dann entledigen wir uns desselben.

Es ist anders geworden auf diesem Planeten. Ich weiß nicht, ob das gut ist oder schlecht, und ich möchte das auch nicht beurteilen. Es ist eben anders, und wir haben uns damit noch nicht hinreichend auseinandergesetzt, dessen bin ich sicher. Das, was wir noch nicht wahr haben wollen, nämlich das Unnatürliche im Natürlichen, das wird weiter wachsen. Der Unterschied von Mann und Frau wird bedeutungslos, weil beide als Akteure des genetischen Programms entbehrlich werden. Für mich ist es eine Gnade, das nicht mehr miterleben zu müssen, für die Nachgeborenen wird es nichts Außergewöhnliches sein. So war es eigentlich schon immer. Ein Unterschied besteht: Die Entwicklung schreitet immer rascher voran, und wenn Überwältigendes innerhalb einer Generation geschieht, dann übersteigt das vielleicht doch die Kräfte der gerade Lebenden."

„Glaubst du, dass die Menschheit das überlebt?" fragte ich ihn. „Ja!" antwortete er und versuchte, möglichst viel Kraft in diese Bestätigung zu legen. „Ja, sie wird es überleben und es wird nicht das Ende ihrer Entwicklung sein!"

DEZIREHN

„Das Leben ist eine Ansammlung verpasster Gelegenheiten!" stieß er einmal hervor. „Es gab so viele Situationen, deren Bedeutung für mein künftiges Leben ich nicht erkannt habe. Nimm' ganz einfach einmal meinen Tagesablauf, nachdem ich nicht nur sieben, sondern sogar zehn Jahre alt geworden und in ein Gymnasium eingetreten war. Meine Freunde, die nach wie vor die Volksschule besuchten, spielten nachmittags auf der Straße, und ich spielte mit, meine Freunde hörten Radio, und ich hörte mit, meine Eltern sahen fern, und ich sah mit, und so Vieles mehr, was ich einfach mitmachte. Kein eigener Gedanke, wie man die damit verbundene Zeit anders und für das künftige Leben besser nutzen konnte. Klar, wie soll man das auch mit zehn besser machen. Aber ist es nicht so, dass eine kleine Korrektur am Beginn einer langen Reise eine gewaltige Zielabweichung am Ende erspart? Muss man nicht große Probleme lösen, so lange sie klein sind? Und je früher man das erkennt, um so besser gleitet man ins Leben.

Später dann die Chancen, die ich erkannte. Welches Studium ergreifen? Die Hand nach den Sternen ausstrecken oder Graubrot aufschneiden? Graubrot ist es geworden! Warum? Weil es einfacher war, weniger anstrengend, sicherer, was auch immer, jedenfalls keine guten Gründe.

Und wie war es mit meiner schlimmen Krankheit? Auch eine verpasste Gelegenheit. Die vielen Jahre des Kampfes allesamt fixiert auf das Gesundwerden. Dabei gäbe es anderes: das Leben durchdenken, sich auf die Reise vorbereiten, akzeptieren, sterblich zu sein und das auch als Gnade begreifen, wie ich das jetzt beginne.

Und dann die Chancen, die nie kamen, weil ich ihnen überhaupt keine Chance gab, Chancen zu werden. Ich habe sie im Entstehen erahnt und bin ihnen aus dem Weg gegangen. Warum? Vielleicht weil es einfacher war?"

VINZEREH

„Weißt du," grübelte er weiter, „bei den Frauen habe ich auch immerzu Chancen verpasst. Einmal, so mit 16, habe ich ein bildhübsches Mädchen in der Stadt gesehen. Und wie es so sein sollte, war sie Debütantin bei einem Abschlussball meiner Tanzschule, an dem auch ich als Gast teilnahm. Ich fasste all' meinen Mut zusammen und forderte sie zum Tanzen auf – und wir tanzten. Aber ein gutes Gespräch brachte ich nicht zustande. Gestelzt, kompliziert, unterbrochen, ohne Dynamik. Und dann war der Tanz zu Ende. Sie tanzte mit anderen und ich war zurückhaltend, habe immer wieder auf den nächsten Tanz gewartet in der Hoffnung, sie bliebe frei. Blieb sie aber nie – auch andere fanden sie wohl hübsch. Und dann war sie weg. Habe ihren Namen schließlich doch noch erfahren und wiederum allen Mut zusammengenommen, um sie anzurufen. Zu meiner großen Erleichterung hob sie selbst ab, und nicht etwa ihre Mutter. Dieser gegenüber hätte ich kein Wort heraus gebracht. Zu meiner Einladung in ein Café meinte sie: ‚Vielleicht ein andermal.' Und so war diese Gelegenheit vorbei. Nicht erkennen, nicht zupacken und nicht halten können. Das ist das, was mich ausgezeichnet hat.

Ob sie glücklich geworden ist?

Wenn ich es recht überlege, hat ja auch sie eine Chance verpasst. Die Chance, die sie nur mit mir haben konnte. Ob sie darüber so nachdenkt, wie ich?"

ZFENHÜNF

„Weißt Du, aus meiner Jugend habe ich die Überzeugung bewahrt, dass Mädchen etwas ganz, ganz Besonderes sind. Störe Dich jetzt nicht an dem Neutrum Besonderes, das würden nur Frauenrechtlerinnen tun, wie sie vielleicht ohnehin mit dem, was ich Dir jetzt anvertraue, nicht überein gingen. Frauen sind eigentlich heilig, ja heilig, weil sie in der Lage sind, Leben zu gebären. Wer so etwas kann, ist etwas ganz Besonderes. Es war schon richtig, dass Frauen früher nicht zum Militär durften. Wie soll jemand, der Leben schafft, töten? Kann jemand, der dem Leben in die Welt hilft, böse sein? Muss das nicht ein Mensch sein, der aus tiefstem Inneren heraus schützt, der sich dem Schutz Schwächerer ganz stark verpflichtet fühlt? Muss das nicht jemand sein, der das eigene Wohl hintanstellt? Ja, das habe ich mit der Zeit so empfunden, denn ich habe viele Frauen kennengelernt, die diesem Ideal mehr als entsprochen haben.

Maßlos geärgert habe ich mich über alle, die diese Wesenheit heruntergetreten haben. Freie Entfaltung für das Ich. Karriere in Selbstbestimmung. Hat jemand einmal gefragt, was zurückbleibt, wenn man CEO einer großen Firma war, egal was sie produziert? Am Ende hat man zu billigem Konsum oder Schlimmerem beigetragen und steht vor der gähnenden Leere des Todesabgrundes.

Schlimm ist, dass wir eines Tages die Frauen wie die Männer nicht mehr in ihrer biologischen Funktion brauchen werden. Dann geht den Frauen wie der Menschheit soviel Menschliches verloren. Eine solche Welt könnte nie mehr die meine sein.

Weißt du, ich finde es inzwischen gut, dass ich nicht ewig leben muss. Meine Zeit neigt sich."

NESCHZEHS

„Weißt du, schon oft habe ich mich gefragt, wie ich mich in einem totalitären Staat verhalten würde. Wieviel Druck würde ich aushalten und würde ich mich der Gewalt beugen, wenn sie nicht nur gegen mich, sondern auch gegen meine Angehörigen, vor allem meine Kinder gerichtet wäre? Würde ich opponieren gegen Unrecht, das andere erfahren, wenn ich dabei Gefahr liefe, dass ich damit die Gewalt auf mich und die Meinen zöge?

Weißt du, ich bin froh, dass ich nie vor solche Entscheidungen gestellt wurde. Ich kann Dir auch nicht sagen, wie ich mich wirklich verhalten würde. Ich befürchte, ich wäre nicht besser, als die vielen anderen, die Opfer solcher Gewalt wurden. Dabei ist besser sicher der falsche Ausdruck. Anders ist vielleicht richtiger, ich wäre sicher nicht anders, als die vielen anderen.

Weil das so ist, habe ich ein besonderes Verhältnis zu Menschen, die der Gewalt gewichen sind. Ich verstehe, wenn sie sich verteidigen und wenn sie ihre Vergangenheit in einem anderen Licht erscheinen lassen wollen. Es ist schwer, einen Teil seines Lebens als umsonst, ja schlecht, hinter sich zu lassen. Natürlich verstehe ich auch die Opfer, denen so viel Leid widerfuhr und die dieses Leid, wie auch sonst, Menschen zuordnen. Auch ist mir klar, wie schwer es ist zu differenzieren nach solchen, die um eines vordergründigen Vorteils willen jeden ins Unglück stürzten, dessen sie habhaft werden konnten und jenen, die, sich widerstrebend beugend, den Lauf der Gewalt immerhin hemmten. Allen gemeinsam ist das Dilemma, menschliche Kultur nicht bewahrt zu haben.

Weil das alles so ist, habe ich Probleme mit den Jüngeren, die in einer Zeit, in der Menschenrechte bei uns gewährleistet sind wie nie zuvor, über jene richten, die der Gewalt gewichen sind. Inmitten der Spaßgesellschaft, im tiefsten Frieden, allenfalls ansatzweise bedroht durch eine Suffizienzdebatte angesichts von 2000 Kindern, die stündlich, weltweit gesehen, verhungern, zu richten. Hinter jedem Richterspruch dieser Art brechen die Augen unschuldiger Kinder, denen wir nicht so helfen, wie wir helfen könnten. Und: Welcher Gewalt beugen wir uns dabei?"

ZEBISEHN

„Weißt du," meinte er einmal, „als das Bewusstsein der Menschen erwachte, da gab es Lebewesen zu Land, zu Wasser und in der Luft. Zu Land und zu Wasser war für die Menschen kein großes Problem, aber in der Luft schon. Und das gab Anlass für viele Träume und viele sehnsüchtige Blicke zum Himmel.

Große Dichter ersannen Geschichten, in denen die Menschen fliegen konnten. Die älteste beschreibt eine Flucht, eine Flucht aus einer Gefangenschaft, getragen von Flügeln, die sicher durch die Lüfte leiten sollten. Der Gefahr war sich der Vater wohl bewusst, jedoch der Sohn hörte nicht auf ihn. So war das böse Ende nicht mehr abzuwenden. Und auch heute verbinden wir mit dem Fliegen mehr die Gefahr als mit jeder anderen Art der Fortbewegung. Vielleicht liegt auch heute die große Bedeutung des Fliegens darin, fliehen zu können. Dem Alltag, aber vielleicht auch dieser Erde, die so eng wird für die vielen Menschen, und auf der so viele Gefahren für die Zukunft der Menschheit drohen.

Wenn ich noch bei Kräften wäre, ich würde mich auf den Weg machen. Auf den Weg hinaus in die Weite des Alls, in die Unendlichkeit, hin zu einem geeigneten Planeten. Dem würden wir dann menschliches Leben einhauchen, und ihr könntet vielleicht nach vielen Jahren von uns hören, von unserem Erfolg und von der Schönheit unserer neuen Heimat. Vielleicht würden wir auch unser Leben bei dieser Flucht verlieren. Dann wäre das ein bisschen so, wie bei Dädalus und Ikarus, aber wirklich schlimm wäre auch das nicht."

NACHTZEH

„Weißt du," sinnierte er einmal an einem frühen Novembernachmittag, „mir hat jemand einmal in fröhlicher Runde gesagt: ‚Woher soll ich wissen, was ich denke, bevor ich gehört habe, was ich sage?'. Wir haben uns damals geschüttelt vor Lachen über diesen dummen Ausspruch. Später habe ich ihn noch einmal bei anderer Gelegenheit gehört – und da fand ich ihn gar nicht mehr so dumm, sondern eher nachdenkenswert. Es geht um die Frage, wie Gedanken in unser Bewusstsein kommen. Und wenn ich unter sprechen auch das stumme, gedankliche Sprechen verstehe, drohe ich zu versinken. Da könnte es etwas im vorsprachlichen Raum geben, etwas, das durch die Sprache bewusst gemacht wird und danach vielleicht zur Handlung führt. Entstehen unsere Handlungen aus dem Unbewussten? Ist das Bewusstsein lediglich Vollstrecker, übt es Kontrolle aus oder erzeugt es eigenständig Handlungen?

Diese Gedanken haben mich der Verzweiflung nahe gebracht. Heute denke ich, dass es nur bestimmte Handlungen sind, die aus dem Unterbewussten kommen und unser Handeln vordeterminieren. Es sind die Handlungen des genetischen Programms. Immer öfter jedoch, und das ist auch eine Entwicklung, relativiert unser Bewusstsein rückwärts gewandt den Handlungsimpuls aus dem Unbewussten unseres Gehirns. Daneben entstehen aber immer häufiger andere Handlungen, Handlungen aus dem und im memetischen Raum, und diese erzeugen wir bewusst.

Wir sind auf dem Weg, Bewusste zu werden – und am Ende ist das gut so."

NENUNEHZ

„Du hast einmal gesagt, die Welt sei das, was wir uns
vorstellen, was wir uns erdenken. Sie reiche nur so weit,
wie wir eben dächten. Deshalb würde sie auch tagtäglich
größer, dahinter sei jedoch nichts. Das hört sich gut an, es
klingt so stark. Es macht glauben, dass wir alles sein
können, dass jenseits von uns nichts ist, aber auch, dass
wir ohne Perspektive vergehen. Ich habe das im Verhalten vieler Menschen wiedergefunden, dieses egozentri-
sche Wesen, das ausschließlich aus sich heraus lebt. Da
waren starke Menschen, die den Diensteid ohne die For-
mel ‚so wahr mir Gott helfe' gesprochen haben. Zuerst
hielt ich das einfach für einen Ausdruck einer Opposition
gegenüber dem Glauben. Aber es ist mehr: Es ist ein
Anspruch, der Anspruch, nur sich selbst verantwortlich
zu sein, jenseits der eigenen Persönlichkeit keine höhere
Autorität anzuerkennen. Das überträgt sich natürlich auf
alles, auch auf die Anerkennung staatlicher Autorität.

Oft habe ich mich gefragt, weshalb wir dann die Existenz
bestimmter Dinge, die wir nicht verstehen, behaupten
können. Wenn wir Wirkungen erkennen, deren Ursachen
sich uns noch nicht erschlossen haben. Nimm die
Schwerkraft. Wir spüren sie, können sie jedoch nicht
erklären. Wenn wir aber die Welt konstruieren, dann
konstruieren wir doch Ursachen und Wirkungszusam-
menhänge und nicht umgekehrt? Wirkungen, die wir
nicht erklären können, dürfte es doch nicht geben, wenn
unsere Welt nur soweit reichte, wie wir sie zum jeweiligen Zeitpunkt denken können. Oder konstruieren wir
auch das Nichtwissen? Welche Dimension hat aber dann
dieses konstruierte Nichtwissen und wo grenzt es sich
signifikant zu meiner Überzeugung ab, dass es jenseits
unseres Erkenntnisvermögens eine Entität gibt, deren
Wesen wir uns Schritt für Schritt nähern?

Und können wir auch etwas denken, das uns tötet? Wie
ist das mit der Kernstrahlung? Wenn wir und unsere Welt

nur Produkte unseres Denkens sind, warum haben wir dann Dinge gedacht, die uns töten können, wenn wir uns ihren Koordinaten zu weit nähern?"

ZWAGNIZ

„Weißt du, oft habe ich darüber nachgedacht, was dahinter ist, eben hinter allem. Den Steinen, den Kontinenten, den Planeten, den Sonnen, den Galaxien und dem Universum. Aber auch hinter den schwarzen Löchern. Genau so hinter den Pflanzen, den Tieren, den Menschen, dem Leben.

Mich hat die Frage bewegt, ob das alles ein Kontinuum ist. Etwas, das ständig ineinander übergeht, das keine abtrennbaren Teile hat, nahtlos miteinander verwoben ist. Dem steht entgegen, dachte ich, dass es Atome gibt. Atome mit Neutronen, Protonen, und in diesem Zusammenhang ganz besonders wichtig, Elektronen. Elektronen, die sich auf kreisförmigen Bahnen bewegen, ein spezifisches Energiequantum zusätzlich benötigen, um ein Niveau höher zu kommen und das Gleiche beim Absinken wieder frei geben. Doch kein Kontinuum!

Aber sind Atome so? Vielleicht sind sie nur so, weil sie so das, was wir darunter verstehen, am besten darstellen. Möglicherweise sind sie ja in Wirklichkeit ganz anders?

Meine große Liebe gilt den Wolken. Stundenlang bin ich über ihnen geflogen, entlang ihrer bizarren Formen. Nicht satt sehen konnte ich mich an ihrer Einzigartigkeit, ihrer gigantischen Individualität und nicht satt denken konnte ich mich an dem Umstand, wie ein Hauch so mächtig erscheinen und dem Eindringen eines Flugzeugs trotzdem so wenig Widerstand entgegensetzen kann. Wie wiederum dieser Hauch Massen bergen kann, die ganze Städte überfluten und Ländereien zerstören können. Ist das ein Kontinuum? Dampf, Tropfen, Eiskörner? Es sind Erscheinungen, gemeinsam ist ihnen Energie. Alles schwimmt in einem Ozean von Energie und aus diesem stülpen sich Formen, von denen wir einige wenige wahrnehmen können. Ist Energie ein Kontinuum? Ich glaube ja, aber sicher bin ich mir natürlich nicht!"

Ich stand am Fenster, sah durch einen Spalt des Vorhangs in die finstere Nacht. Blitze tauchten eine gespenstische Landschaft in unwirkliches Licht. Bevor ich etwas antworten konnte, lag er in den Armen des gnädigen Schlafs.

NIEDNUZWAGNIZ

„Weißt du, eigentlich waren wir von Anfang an dabei. Ich meine dabei, als sich dieses Universum in den Raum gebar. Seither ist nichts mehr grundsätzlich Neues hinzugekommen, lediglich die Formen und das Bewusstsein haben sich gewandelt. Sie fließen in einem gigantischen Kreislauf ineinander über, in ständiger Veränderung begriffen; und weil das so ist, könnten wir so viel verstehen, wenn wir nur wollten. Die Steine, die Pflanzen, die Tiere und die Menschen. Eigentlich gibt es keinen Anlass dafür, sich so misszuverstehen, wie wir das heute tun. Wir haben auch jenseits unseres Menschseins dieselben Wurzeln. Dieselben Wurzeln am Urgrund dieser Welt, jenseits dessen wir nicht denken können. Ich wünschte mir, dass wir alle das begriffen, wir Menschen natürlich. Denn die anderen haben keine Wahl – sie werden gelebt, wir leben.

Mit der gewaltigen Singularität ist etwas Zusätzliches in unseren Kosmos gelangt. Etwas anderes, anders als Materie, anders auch als Energie. Es ist etwas Göttliches, das hineinragt in unsere Welt, ein Überhang, dessen Wesen uns verborgen ist.

Wir streben ihm entgegen, weil wir mehr als Materie sind, die mühsam über die Erde kriecht. Wir streben ihm entgegen, weil wir mehr als Energie sind, die sich in der Molekularbewegung erschöpft. Mit unseren Gedanken Durchdringen wir die Welt im Innern wie im Äußern mit dem Wunsch, dieses Göttliche zu berühren und an ihm Teil zu haben."

ZWIEDNUZWAGNIZ

„Weißt du, das mit dem Urknall, das beschäftigt mich immer wieder. Alles, was es an Materiellem gibt, entstand deshalb, weil Geschwindigkeit verloren ging. Und damit entstand notwendigerweise die Zeit. Wir sind, weil ein Teil der Energie in Masse geronnen ist. Auf den ersten Blick in eine gigantische Vielfältigkeit, auf den zweiten Blick simplen Gesetzen gehorchend. Ja, simplen Gesetzen, auch wenn wir sie noch nicht hinlänglich verstehen. Wir sind auf dem Weg, uns Gewissheit über diese Gesetze zu verschaffen. Bis es Leben gab, welches solches wenigstens mit einem Funken von Aussicht auf Erfolg unternehmen konnte, hat es lange gedauert. Der Weg ist noch weit, weil wir immer noch sehr entschleunigt sind.

Ich bin mir dessen sicher, dass mit dem Tod eine erneute und großartige Teilhabe an der Energie möglich sein wird. Ja, vielleicht wurden wir nur vorübergehend aus dieser Teilhabe verbannt. Dann besteht die Gnade, an deren Grenze das Göttliche zu berühren. Und wenn der erste Lebende das schafft, dann ist das Ende aller Tage.“

DIREDNUZWAGNIZ

„Weißt du, es ist nicht unmöglich, die Zukunft zu sehen!"
hatte er einmal gesagt. „Das geht nicht über Kaffeesatzle-
serei, eine Kristallkugel oder sonst was Esoterisches. Das
geht anders. Du musst dich in das Wesen der Dinge denken, du musst verstehen! Die Atome, Moleküle, das Un-
belebte ebenso wie das Belebte. Und wenn du das Wesen
erfasst hast, dann öffnen sich Perspektiven, Horizonte.
Dabei reicht es nur selten, eine einzige Wesenheit zu
verstehen. Du musst möglichst viele durchdringen – nur
dann erkennst du das Flechtwerk und darin den Hand-
lungsgang. Eines ergibt sich aus dem anderen, die Wirkungen wogen sich in die Zukunft. Das strengt dich an,
und danach bist du sehr erschöpft.

Es geht nicht, wenn du die Eigenheiten deiner Mitwelt
ignorierst. Wenn du abwertest, relativierst, außer Acht
lässt – nein, dann bleibt dir der Blick in die Zukunft ver-
sagt. Auch bleibt er dir verwehrt, wenn du nur fühlst oder
nur denkst. Jede Situation fordert Fühlen und Denken auf
ihre Weise und jedes Mal musst du Vertrauen haben in
dein Fühlen und in dein Denken. Nur dann wird es gehen.

Ein solches Vertrauen habe ich nicht oft besessen, daher
habe ich nicht sehr viel von der Zukunft gesehen – und
jetzt bleibt mir nur noch wenig Zeit."

RIVEDNUZWAGNIZ

„Weißt du, manchmal sehe ich nachts große, braune Augen, ausdruckslose Augen. Wenn mein Traum lange genug anhält, dann sehe ich hinter diesen Augen die Gesichter von Müttern, sehe, wie sie ihre Kinder in den Armen wiegen, und: diese Kinder sind alle tot. Verhungert. Und sie wiegen diese Kinder, als wären sie noch am Leben, ein tonloses Lied auf den Lippen. Soviel Hoffnung zerstoben, soviel umsonst gegeben, um dem Leben über die hohen Hürden zu helfen, soviel Entbehrung – und wieder schwanger. Wird es dieses neue Leben schaffen? Oder wird auch ihm das gleiche Schicksal zuteil? Es sind ja nicht zehn oder hundert, die da täglich sterben. Es sind Tausende. Und wenige Flugstunden entfernt von dieser Schädelstätte wogt das Leben auf den höchsten Ebenen des Hedonismus. Und wehe dem, der es wagt, diese Welt der goldenen Kälber zu berühren: Er wird unbarmherzig bis zur Vernichtung verfolgt, verstanden wird er kaum, entschuldigt wird er nie.

Seit dem 11. September 2001 sind unter diesen Augen mehr zornig-fragende Augen. Augen, die nicht verstehen können, wie es nach einer solchen Katastrophe passieren kann, dass sie nun noch mehr denn je im Abseits stehen. 3000 getötete Menschen haben wochenlang Schlagzeilen, politische Debatten bis in die höchsten Ebenen, blutigen Krieg und schließlich Bürgerkrieg bedeuten können. Sicher, Menschenleben kann und darf man nicht gegeneinander aufrechnen. Im Zweifel wiegt eines soviel wie der Rest. 3000 Opfer sind viel, sind zu viel, und wie viel mehr sind 2000 unschuldige Kindestode stündlich?

Manchmal sehe ich nachts große, braune Augen, ausdruckslose Augen, Augen, in denen sich das ganze Elend dieses Globus bündelt."

NÜFFDNUZWAGNIZ

„Weißt du, immer, wenn ich im Traum diese fragenden
Augen gesehen habe, erwache ich und frage mich: ‚Ist
das Gerechtigkeit?'"

Was ist gerecht? Wenn die Antwort so einfach wie die
Frage wäre! Wäre es gerecht, wenn jeder auf der Welt
das Gleiche hätte? Möglicherweise könnte das ja gerecht
sein. Wenn man näher darüber nachdenkt, stellt sich eine
weitere Frage: Hätte dann jeder in gleichem Maße zu
diesem Besitz beigetragen? Zweifellos wird nicht jeder
das können, weil andere mehr Begabung für den Erwerb
dieser Dinge mitbringen. Der eine oder andere wird sich
vielleicht aber auch nicht so engagieren wollen, wie dieser oder jener – was ist dann gerecht? Wenn es gerecht
sein soll, musst Du es ja auch messen können, nur dann
sind Vergleiche möglich. Und alle Schattierungen, die
dem tagtäglichen Handeln der Menschen hinterliegen
können, zu messen, ist ein Ding der Unmöglichkeit. Kann
man also Gerechtigkeit überhaupt messen?

Was ist gerecht? Wenn jeder sich an die Gesetze hält?
Diese sind ja sehr unterschiedlich. Denke nur an das
Recht in fundamentalistisch islamischen Gesellschaften
und an das unsere! Und dabei kann es doch für Menschen
keinen Unterschied in dem geben, was gerecht ist, oder?

Manchmal denke ich, dass man Gerechtigkeit nur aus der
Perspektive des Einzelnen erzeugen kann. Sie entsteht
dann, wenn jeder sich bemüht, so zu wirken, dass seine
Vorstellung von Gerechtigkeit auch für andere wirksam
wird, also alles daran setzt, anderen das Maß an Gerechtigkeit, das von ihm als gerecht empfunden wird, zugäng-
lich zu machen. Dies heißt aber auch, dass es noch lange
Ungerechtigkeit geben wird, ja dass vollständige Gerechtigkeit erst in weiter Zukunft liegt.

Damit Menschen solches tun, muss man sie bilden. Es
reicht nicht hin, ihnen reines Wissen zu vermitteln. Bil-

dung ist gefragt, die Fähigkeit, sich in zutiefst humane Visionen zu versenken und daraus Orientierung zu gewinnen. Orientierung, die den Blick öffnet, weg von der Ich-Bezogenheit hin zur Menschheits-Bezogenheit. Dann wird sich für viele auch der Freiheitsbegriff relativieren.

Ja, viele werden aus sich heraus, aus ihrer Bildungsverantwortung heraus, auf zahlreiche Attribute ihrer Freiheit verzichten, weil sie diese dann gerne ummünzen in ein mehr an Gerechtigkeit für die, die trotz redlichen Bemühens hieran Mangel leiden."

SCHESDNUZWAGNIZ

„Weißt du, dass ein großer, mächtiger, alter Baum an einem windstillen, wunderschönen Sommertag einfach so umstürzen kann, Menschen unter sich begraben, Fahrzeuge oder ein Haus – glaubst du das? Die meisten Menschen glauben das nicht, sie halten das für ein Ding der Unmöglichkeit. Sie gehen davon aus, dass sich Katastrophen lange vorher und laut anbahnen. Im Falle des Baumes wäre das ein Sturm, der die Bäume schüttelt und rüttelt, biegt und in Schwingungen versetzt, bis sie brechen oder ihre Wurzeln aus dem Boden reißen. Mit leise sich anbahnenden Katastrophen können sie nicht umgehen. Sie erkennen die verhängnisvollen Ereignisse, die im Verborgenen ablaufen, nicht. Lassen sich von der mächtigen Gestalt des Baumes beeindrucken, während unter der Rinde Käfer, Larven und Pilze verhängnisvoll wirken. Und plötzlich, an einem herrlichen Sommertag, zur windstillen Mittagszeit, durchnagt eine Larve die Faser, die den Baum gerade noch aufrecht hielt.

Hast du dir einmal überlegt, dass in diesem Fall sehr viele Fasern potenziell die letzte Faser sein können? Und irgendeine ist es dann – aber welche? Man weiß es nicht, denn das System ist komplex. Für die Wirkung ist es jedoch völlig egal, welche die letzte ist – der Baumriese stürzt.

Auf dem gefallenen Riesen wachsen junge Bäume strebend in die lichte Höhe. Der Sturz eines Baumes ist nicht das Ende des Waldes, er ist das Signal für einen großartigen Neuanfang, der alle Chancen, vor allem die Chance des Alterns, auf seiner Seite hat."

BIENESDNUZWAGNIZ

„Weißt du, ich habe einmal einen Film gesehen. Es war ein wundeschöner Film mit dreidimensionalen Bildern. Man musste dazu eine besondere Brille tragen. In diesem Streifen sah man herrliche Aufnahmen aus der Natur. Vieles im Zeitraffer. Da wuchsen Pilze aus dem Boden, da entfalteten sich Farnwedel, da entwickelten sich aus Eiern herrliche Schmetterlinge, die Jahreszeiten flogen nur so vorüber. Wenn man das alles in der Natur sehen wollte, hätte man viele, viele Stunden, Tage, Wochen, Monate, ja auch Jahre dort verbringen müssen. Und man hätte alles dennoch nicht in dieser Dichte und Eindrücklichkeit erlebt.

Es waren aber nicht alleine die Bilder, die mich so beeindruckten. Der Film war mit einer Musik unterlegt, die einfach bezauberte. Und schließlich waren da noch die Gerüche. Passend zu jeder Bildsequenz. Dabei bin ich mir nicht ganz sicher, ob dies einfach eine Einbildung war, weil mein Gehirn solche Gerüche mit diesen eindrücklichen Bildern verband, oder ob damals tatsächlich Gerüche in den Saal entlassen wurden. Ich habe nicht danach gefragt, vielleicht weil ich es gar nicht wissen wollte.

Das Einzige, was noch fehlte, war, dass man diese Natur berühren konnte. Und tatsächlich, wenn sich ein Farnwedel entrollte und unaufhaltsam auf mich zuwuchs, spürte ich das Bedürfnis, ihn zu berühren. Aber ich behielt, mir des Scheins bewusst, meine Hand zurück. Daneben aber erschien er mir auch zu zerbrechlich, als dass ich es gewagt hätte, nach ihm zu greifen. Das ist vielleicht auch dem Umstand geschuldet, dass wir die Natur zerbrechlich gemacht haben.

Auf dem Weg ins Freie hatte ich keine Lust mehr, in die Natur zu gehen. Zu groß war meine Angst, das herrliche Erlebnis durch die Realität zu entwerten."

TACHDNUZWAGNIZ

„Weißt du, als ich noch klein war, da habe ich die Zeit nach dem Sommer intensiv genossen. Die Tage wurden stetig kürzer und kurz vor Weihnachten war es manchmal schon um vier Uhr stockdunkel. Dieses Gleichmäßige, jeden Tag weniger Helle, ging einher mit meinen Gefühlen. Immer etwas weniger – und jeden Tag wurde ich etwas trauriger. Nein, eigentlich nicht trauriger, eher sehnsüchtiger, aber auch melancholischer. Sehnsüchtiger, weil ich mich nach den fröhlichen Frühlingstagen sehnte, nach diesen Tagen mit ihrer Blütenpracht, mit ihren frohen Farben, mit ihrer Wärme, mit dem guten, aufstrebenden Gefühl. Melancholischer, weil es schön ist, wenn immer Gleichförmigeres von dir Besitz ergreift, wenn alles weniger wird, weniger Farben, weniger Gerüche, aber auch weniger Gedanken und weniger Gefühle. Melancholisch, weil es so schön ist, in dieses Gleichmaß zu gleiten, sich zu verflüchtigen in dem großen, grauen Ozean des Unendlichen.

Dann haben sie mir diesen wunderbaren Rhythmus zerstört. Sommerzeit hieß die Parole. Und seither ist das Gleichmaß, das alleine mir Glück und Melancholie gewährte, zerstört. Aus ökologischen Gründen – oder sind es ökonomische? Menschliche sind es sicher nicht. Man kann Menschen nicht einfach so umstellen!"

ENNUDNUZWAGNIZ

„Weißt du, was das schönste Erlebnis ist? Für mich ist das eines, das es nur einmal gibt, etwas Singuläres. Etwas, das man nicht wiederholen kann. Dazu gehört auch, dass es außer in meinem Kopf und den Köpfen derer, die auch daran teilgenommen haben, nirgends sonst aufgezeichnet ist. Etwas wirklich Einzigartiges kann man nicht durch Bilder oder Filme wiederbeleben, ohne es dabei zu beschädigen. Die Gewissheit, dass ein Erlebnis festgehalten wird, schmälert als solche schon die Einzigartigkeit, besteht doch die Aussicht, das Ganze immer wieder erneut durchleben zu können. Erst das Bewusstsein der nicht mehr äußerlich reproduzierbaren Einzigartigkeit eines Erlebnisses ermöglicht eine weitestgehende Tiefe der Empfindung.

Die Geburt des eigenen Kindes ist etwas Wunderbares. Sie ist etwas Heiliges. Jeder der Partner erlebt sie aus der eigenen Gefühlswelt heraus. Der eine mit großen Schmerzen, Erleichterung und Glückseligkeit, der andere mit gemischten Gefühlen aus froher Erwartung und tiefer Sorge, vielleicht auch im Gefühl des Überfordertseins, welche schließlich ebenfalls in das große Gefühl der Glückseligkeit münden. Auf dem Weg dahin immer wieder ein einzigartiges Beieinandersein, das als solches wiederum einzigartig ist und Grundlage für eine langreichende Gemeinsamkeit bilden kann.

Wie anders die Geburt unter der Kamera, die den intimsten Augenblick, nämlich den des Erblickens des Lichtes der Welt öffentlich macht, zunächst gierig goutiert, später im Regal vergessen und schließlich nicht mehr kompatibel.

Zum Menschsein gehört auch, Einzigartiges für sich zu behalten. Geht uns diese Fähigkeit verloren, geht uns die Menschlichkeit verloren."

IDERSIGS

„Glaubst du, dass es die einzige, große Liebe gibt? Glaubst du, dass es auf der ganzen Welt nur einen einzigen Menschen gibt, den man tief und innig lieben kann? Und glaubst du, dass man diesen findet, auch wenn er in einer anderen Stadt, in einem anderen Land oder gar auf einem fremden Kontinent lebt?

Ich habe lange darüber nachgedacht. Dabei ist mir klar geworden, dass es trotz der großen Zahl von Menschen im geeigneten Alter immer nur äußerst wenige sind, die ein Mann oder eine Frau lieben wird. Selbst der größte Frauenheld liebt, wenn überhaupt, nur verschwindend wenige, die meisten aber, wie ich, lieben nur einen einzigen Menschen.

Weißt du, und dabei spielt uns unser Gehirn einen sympathischen Streich. Wenn wir den geliebten Menschen, wo auch immer, getroffen haben, macht es uns glauben, dass dies eine Zwangsläufigkeit war, eine glückliche Fügung, gar nicht anders sein konnte – und dieser Zauber bereichert und beflügelt uns.

Ich weiß nicht, ob es seinerzeit nicht auch ein, zwei oder vielleicht mehrere Mädchen gegeben hat, in die ich mich wie in Swolke hätte verlieben können, so einzigartig, wahrhaft und ausschließlich. Vorstellen kann ich mir das allenfalls bis zu dem Zeitpunkt, als ich sie in der Ferne traf. Danach erlosch meine Aufmerksamkeit für andere, und wuchs mein Bewusstsein für die Ausschließlichkeit unserer Beziehung. Selbst wenn ich die anderen danach getroffen hätte, sie hätten nie mehr die Chance gehabt, an Swolkes Stelle zu treten. Dafür gibt es allerdings keine Garantie und ein Automatismus ist es schon gar nicht. Wir hatten das Glück, dass wir unsere Beziehung in großer Gemeinsamkeit bei tiefem Vertrauen weiterentwickeln konnten und haben uns daher nie verloren."

NIEDNUIDERSIGS

„Weißt du, ich glaube, beim Reisen muss man aufpassen, dass die Seele immer den Ortsveränderungen folgen kann. Entweder solltest du langsam reisen oder du benötigst eine schnelle Seele.

Wie soll ich dir das erklären? Ich musste die Landschaft zwischen zwei Orten immer bewusst wahrnehmen, ansonsten fühlte ich mich am Bestimmungsort nicht wohl. Mir fehlte etwas. Es war dann ein bisschen so, wie ein Filmriss. Und wenn das öfter passierte, dann spürte ich das sehr intensiv. Als Kind habe ich das im Auto so erfahren, später im Zug und nochmals später im Flugzeug. Wenn du mit dem Auto in die Bretagne fährst, dann bist du 15 Stunden unterwegs. In dieser Zeit kannst du auch nach Amerika fliegen. Pendeln mit dem Flugzeug: Heute Amerika, übermorgen Skandinavien, dann Russland und anschließend Italien. Im Tagestakt. So schnell kann im Gegensatz zur Autofahrt in die Bretagne keine Seele fliegen!? Oder doch? Die Seelen junger Menschen können das. In ihrer digitalen Welt haben sie gelernt, sich übergangslos in neuen Räumen zurechtzufinden – und zwischen diesen ist ja nichts. Ob ich mich daran gewöhnen könnte? Ich weiß das nicht, albträume aber, dass die Menschheit in Zukunft nur noch virtuell in digitalen Räumen reist."

IWEZDNUIDERSIGS

„Weißt du, heute Nacht hatte ich einen sonderbaren Traum. Ich fühlte mich so körperlos, so frei und beweglich, wie nie zuvor. Ich wünschte mir, in Bahia zu sein, und war dort. Dort traf ich nette Menschen, hübsche Mädchen an wunderschönen, endlosen Stränden. Ich bewegte mich leicht und widerstandslos durch das Land, erfüllte mir meinen Jugendtraum von einer Reise durch Südamerika und kehrte wohlbehalten zurück. Ich erlebte die Reise unmittelbar, ohne eine Transportmittel zu benutzen, wenigstens kam es mir so vor. Auch bin ich nicht mehr sicher, ob es nur ein Traum war oder doch etwas anderes, etwas Neues. Fassbenders ‚Welt am Draht' geht mir nicht mehr aus dem Kopf. Nicht, weil ich glaube, dass unsere Welt Bestandteil einer höheren und diese wiederum einer noch höheren und so weiter ist, sondern weil ich spüre, wie wir Menschen in artifizielle Welten gleiten. Glaubst du, dass wir eines Tages unsere Gehirne unmittelbar untereinander und zusätzlich mit künstlicher Intelligenz vernetzen? Dass wir uns dann gemeinsam virtuell durch reale aber auch virtuelle Räume bewegen werden? Dass wir virtuelle Realitäten wie virtuelle Virtualitäten erleben werden?

Kannst du dir vorstellen, dass eines Tages ein Computer die Komplexität deines Gehirnes überschreitet und einfach deine Komplexität kopiert und bei sich ablegt? Ablegt neben vielen anderen. Existierst du dann ein zweites Mal, vielleicht wie unzählige andere auch? Ist das dann das Ende der Menschheit oder beginnt sie dann erst richtig, weil danach alle Computer menschliche Züge tragen?

Oder ist es so: Heute sind die Computer menschlich, denn sie sind Produkte menschlicher Gehirne. Ihre Komplexität wächst sekündlich und gleichwohl bleibt sie noch weit hinter der unserer Gehirne zurück. Kann sie diese je erreichen, ja sogar überschreiten?

Beantwortet sich an dieser Stelle nicht die Frage nach dem Göttlichen? Wenn es etwas Göttliches gibt, dann kann es in der Maschine nicht entstehen und von der Maschine nicht aus unserem Gehirn kopiert werden – oder was meinst du?"

„Ich weiß es nicht" antwortete ich. „Warum quälst du dich mit solchen Gedanken?"

„Ich quäle mich nicht damit, zumindest empfinde ich es nicht als Qual. Es ist der Drang meines Gehirns, über bestehende Grenzen hinaus zu denken – und diese Freiheit gewähre ich ihm, ich könnte es ohnehin nicht daran hindern."

IDERDNUNIDERSIGS

„Weißt du, die Sache mit der Digitalisierung fasziniert und beängstigt mich zugleich. Du kannst jeden Ort in unserer Welt digital definieren. Gleiches gilt für unsere Körper und Gegenstände, wie auch für unsere Gedanken, Worte, Musik und Bilder. Aber nicht nur das: Unser Verhalten kannst du genau so digitalisieren wie das unserer unbelebten und belebten Mitwelt. Und nun kannst du alles aufeinander beziehen. Du brauchst nur einen seltsamen Attraktor, wie das die Chaostheoretiker einmal nannten. Lange dachte ich, dies könne die Erdoberfläche sein. Heute befürchte ich, das werden unsere digitalen Netzwerke sein. Auf sie wird alles bezogen werden und dann sind wir so gläsern, wie es Orwells Winston in 1984 lange nicht war."

RIVEDNUIDERSIGS

„Weißt du, eines Tages wurde die Welt für mich ganz leise immer fremder. Es war mitunter so, als gehörte ich nicht mehr dazu. Ich ging durchs Leben, ohne mit der Welt und den darin lebenden Menschen verbunden zu sein. Es war ein eigenartiges Gefühl. Unwirklich, aber nicht unangenehm. Manchmal sah ich mich selbst wie von außerhalb, verfolgte, wie ich durch die Straßen ging oder abends auf dem Bett lag. Dabei überkam mich eine zwiespältige Sehnsucht, eine Sehnsucht, rasch in diese Welt zurückzukehren und eine beinahe ebenso starke, mich weiter von ihr abzuwenden und zu erkunden, in welchen Raum ich mich von dieser Welt entfernen könnte.

Bis heute bin ich immer wieder zurückgekehrt. Dabei habe ich jedes Mal ein großes Glücksgefühl aus dieser Zwischenwelt mitgebracht. Ich glaube, meine Seele sucht den Eingang in eine andere Welt. Wenn sie ihn gefunden hat, werde ich ihr folgen."

NÜFFDNUIDERSIGS

„Weißt du, oft habe ich mir überlegt, wer stärker ist. Der, der kräftiger austeilen kann oder der, der mehr einzustecken vermag. Häufig habe ich die Menschen bewundert, die furchtlos durchs Leben gingen, an die sich kaum einer wagte, und die sich im Falle einer Bedrohung konzentriert, konsequent und erfolgreich verteidigt haben. Siegertypen eben! Dabei geht es nicht nur um die körperliche, sondern auch um die geistige und seelische Stärke. Später ist mir jedoch bewusst geworden, dass man nicht immer und in jedem Fall Sieger sein kann. Im Gegenteil: es ist unwahrscheinlich, dass dies fortlaufend gelingt. Und dann muss man mit einer Niederlage umgehen. Das ist bitter und treibt manchen in Verzweiflung und Resignation. Wenn du dies weiter denkst, dann steht am Ende eines jeden Menschenlebens zumindest vordergründig eine Niederlage, die Niederlage gegen das Altern und den mächtiger werdenden Tod. Die Aussicht hierauf vermag den Starken zu lähmen, den, der mehr ertragen kann, berührt sie kaum. Er nimmt die sich abzeichnende Niederlage an und bleibt sich dabei treu. Ja, wer mehr ertragen kann, ist am Ende stärker."

SCHESDNUIDERSIGS

„Weißt du," murmelte er einmal, „ich habe da vor einigen
Monaten einen Beitrag im Radio gehört, in dem es um
Sterbehilfe ging. Erschrick' bitte nicht, ich unterstelle dir
nichts und ich möchte dich auch nicht in diesem Sinne
verpflichten.

Menschen sind zu jeder Zeit gestorben. Ihre Lebensflamme ist dabei immer kleiner geworden. So, wie bei
einem Feuer, das erlischt. Da züngelt noch die eine oder
andere Flamme, aber sie gerät immer kleiner, als die vor-
hergehende. Ja, manchmal flackert sie noch kurz auf!
Aber neben der aufkeimenden Hoffnung ist dir klar: Das
Feuer erlischt. Und trotzdem kreisen deine Gedanken um
das Feuer, und nicht um die Asche!

Sterbehilfe ist ein bitterböser Ausdruck! Du sollst mir
nicht sterben helfen, du sollst dem Leben helfen. Jede
Lebensflamme ist wichtig, wichtig, weil sie lebt! Und
auch meine Lebensflamme, so klein sie auch geworden
ist, ist Leben, und nicht Tod! Leben, das noch etwas be-
wirkt und nicht Leben, das ausgelöscht werden will.

Natürlich gibt es auch Situationen, in denen Leben zumindest vordergründig nicht mehr lebenswert erscheint.
Und natürlich gibt es auch Menschen, die nicht mehr
leben möchten. Aber gibt uns dies das Recht, das betrof-
fene Leben aufzugeben? Weißt du, natürlich sind wir
dem Tode geweiht. Aber in der Zeit, in der wir um das
Leben ringen, nähern wir uns dem Sinn des Todes. Der
Sinn des Todes ist groß und mächtig. Wir brauchen gemeinsam viel Zeit, um ihn zu erfassen. Alleine deshalb
dürfen wir nicht sterben helfen, sondern müssen Leben
bewahren, bewahren, so lange es geht.

Ein Freund hat mir einmal gesagt: Meine Eltern haben
mich nicht gefragt, ob ich leben will, also schulde ich
ihnen nichts. Ein schlimmeres Wort habe ich nie gehört.
Und es ist falsch dazu. Denn dadurch, dass er das im

Alter von 50 Jahren sagen konnte, hat er das Geschenk
seiner Eltern schon lange angenommen und schuldete
ihnen einfach Dank!
Weißt du, wann das Leben beginnt? Es beginnt nicht mit
deiner Geburt. Nein, es beginnt lange davor, auch vor
deiner Zeugung! Dein Leben war vorherbestimmt, weil
sich alles so gefügt hat, dass du wurdest. Und deshalb,
um in der Logik meines Freundes zu bleiben, hätten nicht
nur deine Eltern dich fragen müssen, sondern auch deine
Großeltern, deine Urgroßeltern und, und, und ... am Ende
der liebe Gott! Alle wollten, dass du lebst! Und weil das
so ist, darfst du nicht sterben helfen. Im Gegenteil: Du
musst dem Leben helfen!

Und wenn ich morgen nicht mehr zu Bewusstsein komme, dann wird deine Pflege Sinnbild der Sorge für das
Leben sein. Nur, wer auch Leben ohne Aussicht auf
Hoffnung behütet, ist Garant der Menschlichkeit auf diesem Planeten. Und erst, wenn es solche Hoffnung gibt,
dann kann man sich auch befreit für dieses Leben einset-
zen, denn man weiß, man ist am Ende nicht allein."

BINESDNUIDERSIGS

„Weißt du," lächelte er einmal „meine Frau war ein sehr
lieber Mensch. Am meisten liebte ich die Art und Weise,
wie sie mir immer wieder Mut machte. Sie strahlte eine
so unglaubliche Zuversicht aus. Auch dann, wenn sie von
den Dingen nicht sehr viel verstand und dennoch spürte,
wie diese mich belasteten. ‚Du wirst das schaffen, bestimmt!', sagte sie dann.

Niemand kann sich vorstellen, wie sehr ich diesen Satz
mochte, allem voran das letzte Wort: bestimmt. Es ver-
bannte immer alle Zweifel, bekräftigte und beruhigte.
Dazu der ruhige Tonfall und ihr ernstes aber aufgeschlos-
senes Gesicht. ‚Du wirst es schaffen, bestimmt!'

Auch heute würde sie das zu mir sagen und, sei mir nicht
böse, ich fühlte mich wohler dabei. Werde ich es schaffen? Natürlich, auch wenn ich ohne sie so alleine bin.
Dabei muss ich gar nicht alleine sein. Sie ist in meiner
Nähe, und wenn ich die Augen schließe, sucht sie die
Nähe zu mir, erahne ich ihr freundlich-ernstes Gesicht
und ihr feiner Duft ist mir noch so vertraut. ‚Ich habe
dich nie wirklich verlassen und werde immer bei dir sein,
bestimmt!' höre ich sie sagen und, es geht mir wieder
besser."

TACHDNUIDERSIGS

„Weißt du, einmal ist sie einfach aufgebrochen, hat unser vom Feiern lärmendes Haus verlassen. Ertrug unsere lächerliche Oberflächlichkeit nicht mehr. Mondhell und bitterkalt war die Winternacht. Im Verborgenen glühte das unheimliche Licht. Nur einen Spalt hatte sich die Büchse der Pandora geöffnet, der reichte jedoch hin, das bisschen Spaßgesellschaft zu erschüttern.

Wieder eine heilige Nacht? Ich glaubte damals nicht daran. Wie Maria, jedoch ohne Joseph, war sie unterwegs, trug ein Leben unter ihrem Herzen, das bereits ins Diesseits strebte, ja es klopfte an. Sie war schnell unterwegs. Unterwegs zu dem großen Fluss, den sie so liebte und der sie in ihrer Jugend ständig begleitet hatte. Manchmal als Rinnsal, manchmal als überbordender Strom, manchmal so, als sei er gar nicht da. Zu schnell war sie unterwegs und ging darin verloren – und mit ihr das hoffnungsvolle Leben. Seither gibt es einen neuen Stern am Himmel, und ich bin sicher, sie trägt ihn in der Hand. Nur ich kann ihn sehen, und er gewährte mir Trost in den vielen langen und einsamen Nächten."

Mein Blick fiel auf das eingerahmte Portrait einer jungen Frau, das auf seinem Nachttisch stand. Kluge, liebevolle, nachdenkliche Augen, allzu früh verloren in den Untiefen und felsigen Mäandern des Lebensstromes.

ENNUDNUIDERSIGS

„Weißt du, seither habe ich oft am Ufer dieses großen Flusses gesessen. Vor allem in kalten, klaren Winternächten. Dann hat sich die große, barmherzige Kälte des Universums wie ein Schleier über mich gelegt, und das Rauschen des dunklen Stromes klang nur noch wie aus der Ferne. Ich habe dann gespürt, wie die Kälte Besitz von meinem Körper ergriff, Gefühl und Verstand in andere Bahnen lenkte. Langsam nahm ich die mächtige Schwingung des unendlichen Raumes über mir auf, wurde eins mit der Schöpfung, entzog mich meiner menschlichen Hülle. Dann war ich den Sternen nah, konnte nach ihnen greifen – und auch nach meinem wunderbaren Stern, der so eng mit diesem Strom verbunden ist und sich nachts so leuchtend in ihm spiegelt.

Tausend Mal bin ich zurückgekehrt in die Enge des Alltags, nur, um immer wieder dorthin aufzubrechen."

RIVEGIZ

„Weißt du," meinte er einmal, „ich glaube, dass das Kind im Mutterleib die Geburt auslöst. Es signalisiert, dass es jetzt in die Welt entlassen werden will. Sicher gibt es auch andere Fälle, Notfälle, aber ich meine den Normalfall. Da kommt das Signal für die Geburt vom Kind – und die Mutter sagt ja dazu. Und am Ende des Lebensbogens, das dachte ich lange Zeit, kommt das Signal zum Sterben vom Menschen. Auch hier dachte ich an den Normalfall, nicht den Unfall, aber das ist heute noch einmal ganz anders.

Weißt du, als die Menschheit noch jung war, da gab es für sie ein besonders wichtiges Ziel: Das Licht des Lebens weitergegeben zu haben. Wenn dies sicher gelungen war oder der Einzelne nichts mehr dazu beitragen konnte, dann verlor das gebende Leben seine Rechtfertigung und brach auf, um zu sterben. Aktiv, indem es sich vielleicht zur Abwehr einer akuten Gefahr für die jüngere Gemeinschaft opferte oder passiv, indem es einfach langsam erlosch. In diesem Lebensabschnitt entstand eben das Signal zum Aufbruch ins Jenseits.

Als das Bewusstsein der Menschen richtig erwacht war, war das Leben so früh nicht mehr zu Ende. Keiner dachte und denkt heute im Traum daran, sein Leben für Jüngere zu opfern, nur weil sie jünger sind, ja mitunter denkt mancher nicht einmal daran, Kinder zu zeugen. In beiden Fällen stellt sich die Frage nach dem dann wirksamen Lebensziel. Für diesen Lebensabschnitt haben die Meisten kein der Ursprungssituation vergleichbares Ziel. Ihr Leben wird häufig auf künstlich geweckte Bedürfnisse projiziert, deren Botschaften Beliebigkeit, Vordergründigkeit und Belanglosigkeit sind. Dabei kommen sie nicht von innen heraus, als etwas Eigenes, Bindendes und Verpflichtendes, sondern von außen. Und so kommt es, dass dieses Leben keinen eigenen Sinn hat, ziellos umher irrt und keine Bestimmung erkennt, die es zu erreichen gilt. Und daher gibt es auch nicht den Punkt, an dem von innen heraus die Bereitschaft entsteht, das Ende des Lebens zu akzeptieren. Zu akzeptieren in dem Bewusstsein, dass man sein Bestes gegeben hat, um ein großes Ziel zu erreichen, und dass nun die Kräfte so weit erlahmt sind, dass kein weiteres Fortkommen mehr möglich ist.

Weißt du, ich bin schon der Meinung, dass jedermann sich entsprechend seines Vermögens bis zur Erschöpfung für das menschliche Leben einbringen muss, aus sich heraus, aus tief empfundener Verantwortung den Mitmenschen gegenüber. Und das eben bis zur Erschöpfung seiner Kräfte."

NIEDNURIVEGIZ

„Ich habe meinen Stern heute Nacht nicht mehr am Himmel gesehen!" flüsterte er kaum hörbar. „Sie sind auf dem Weg zu mir, ich kann sie schon spüren. Gleich werde ich mit ihnen vereint sein, und dann wird alles wieder gut, besser noch als früher. Vielleicht wirst du uns am Himmel sehen können, wenn du nachts aus dem Fenster schaust. Und du wirst dich an unsere Zeit erinnern, und die Erinnerung wird dich trösten. Dabei musst du eigentlich gar nicht trauern. Ich gehe nur in einen anderen Raum, wie in ein Zimmer nebenan – und wenn du leise bist, wirst du mich erahnen können.

Sie sind da, jetzt müssen wir uns verabschieden. Lebe wohl!"

Hinter dem schweren Vorhang war es bereits hell und die Vögel zwitscherten lauter als sonst. Sie spürten schon den Frühling. Ich trat hinaus ins Freie und genoss die wachsende Kraft der Sonne. Sonnenschein im Frühjahr ist anders, als im Herbst, auch wenn die Sonne gleich hoch steht. Wir sind sensibel dafür, ob die Strahlung Sekunde für Sekunde intensiver oder ob sie schwächer wird. Zuversicht und Mut erfassten mich. Zeit, anzupacken und sein Werk fortzuführen!

Vom Autor bisher erschienen:

Denk-mal-Gedichte und Texte zum Verschenken
Gedichte und Texte zum Nachdenken. Denken, ahnen, sich treiben lassen ist etwas Urmenschliches, macht Spaß, mitunter neugierig, manchmal auch ein klein wenig zufriedener mit sich selbst. Damit hilft es uns und uns allen.
IDBN 3-8311-0420-0, 6,54 €.

Gwen
Wie viele andere Menschen auch hatte Gwen bis vor wenigen Jahren eher oberflächlich in den Tag gelebt. Ihre aufkeimende Suche nach dem Lebenssinn verdichtet sich dramatisch bei einem Besuch der Île d'Ouessant vor der bretonischen Küste. Ausgelöst durch eine Bemerkung eines Urlaubers am Kai vor ihrer Rückfahrt zum Festland reflektiert sie in Sekundenschnelle ihr bisheriges Leben. Ihre Gedanken kreisen dabei um sie drängende Fragen nach der erfolgreichen Pflege zwischenmenschlicher Beziehungen, dem Verhältnis Mensch zur Natur, dem wirklichen Wert des Lebens und dem Aufbruch aus der Enge des alltäglichen Lebens. Ihr gelingt es schließlich, ihre Gedanken zu einem neuen Lebensentwurf für sich und ihren Partner zu verbinden.
ISBN 3-8311-1153-7, 7,06 €

Nachhaltigkeit – eine weitere Worthülse oder ein wirksamer Beitrag zur Verringerung der Ontologischen Differenz

Nachhaltigkeit ist seit Rio 1992 in aller Munde. Sektorale Nachhaltigkeitsansätze prägen seither die Programmsprache insbesondere von Politik und Verbänden. Dabei wird zunehmend spürbar, dass zwischen sektoralen Ansätzen neben synergistischen auch konfliktäre Beziehungen bestehen, wobei letztere derzeit bei weitem noch nicht abgearbeitet sind.

Vor diesem Hintergrund formuliert der Autor ausgehend von den forstlichen Wurzeln des Begriffs Nachhaltigkeit ein geschlossenes Konzept nachhaltiger Entwicklung. In dessen Mittelpunkt steht die nachhaltige Entwicklung der Menschheit, die durch den Überhang der von ihr bewirkten kulturellen Evolution, wie beispielhaft dargelegt wird, massive Probleme im Beziehungsgeflecht Mensch/Natur erzeugt hat. Normatives Element dieses anthropozentrisch verstandenen Nachhaltigkeitsbegriffs ist im Gegensatz zu Überlegungen etwa der Generationengerechtigkeit oder der Sicherstellung der Befriedigung von Bedürfnissen künftiger Generationen die Maxime zur Verringerung der Ontologischen Differenz: Jeder Mensch soll im Rahmen seiner Möglichkeiten hierzu durch Erkenntnis- und Erfahrungsgewinn einen weitreichenden Beitrag leisten. Hierdurch wird es möglich sein, gefährdete Beziehungen zur Natur zu entlasten und den Fortbestand der menschlichen Gesellschaft zu sichern.

So verstandene nachhaltige Entwicklung bedarf gesellschaftlicher Rahmenbedingungen, die nur von einem handlungsfähigen Staat auf der Basis einer neu gedachten Politik sichergestellt werden können. Dazu müssen Entwicklungen der Postmoderne korrigiert werden. Leitlinien hierzu werden für die Politikfelder Familie, Bildung, Energie, Umwelt und Wirtschaft entwickelt.

ISBN 3-8334-2812-0, 15,50 €

Eine Kindheit in Kaiserslautern

Mit zu den schönsten Zeiten unseres Lebens gehört unsere Kindheit. Sehnsüchte, Hoffnungen, Träume und Wünsche sind noch frei entfaltet und nicht durch die Routine des Erwachsenen-Alltags abgeschliffen.

Hermann R. Bolz schildert mit heimlicher Sympathie seine noch von den Nachwirkungen des II. Weltkriegs geprägten Kindheitserlebnisse in der Westpfalzmetropole Kaiserslautern. Impressionen aus der Vergangenheit, die ihn bis heute leise begleiten.

ISBN 978-3-8370-1437-2, 10,90 €